UN COLCHÓN DE PLUMAS PARA ÁGATA

JJ
SP
DEEDY
CARMEN

J 7/08

A mis hijas queridas: Katherine, Erin Grace y Lauren

Published by
PEACHTREE PUBLISHERS
1700 Chattahoochee Avenue
Atlanta, Georgia 30318-2112
www.peachtree-online.com

Text © 2007 by Carmen Agra Deedy
Illustrations © 2007 by Laura L. Seeley

Book design by Laura L. Seeley and Candace J. Magee

Printed in China
10 9 8 7 6 5 4 3 2 1 (hardcover)
10 9 8 7 6 5 4 3 2 1 (trade paperback)

Library of Congress Cataloging-in-Publication Data

Deedy, Carmen Agra.
  [Agatha's feather bed. Spanish]
  Un colchón de plumas para Agata / texto de Carmen Agra Deedy ; ilustraciones
de Laura L. Seeley.
       p. cm.
  Summary: When Agata buys a new feather bed and six angry naked geese show up
to get their feathers back, the incident reminds her to think about where things
come from.
  ISBN 13: 978-1-56145-426-6 / ISBN 10: 1-56145-426-5 (hardcover)
  ISBN 13: 978-1-56145-404-4 / ISBN 10: 1-56145-404-4 (trade paperback)
  [1. Geese--Fiction. 2. Conservation of natural resources--Fiction. 3. Spanish
language materials.] I. Seeley, Laura L., 1958- ill. II. Title.
  PZ73.D428 2007
  [E]--dc22
                                                         2007004273

UN COLCHÓN DE PLUMAS
PARA ÁGATA

ovejas

árboles

lana

papel

Texto de Carmen Agra Deedy
Ilustraciones de Laura L. Seeley
Traducción de Cristina de la Torre

Ω

PEACHTREE
ATLANTA

Queridos niños y niñas, ¿ven esa tiendecita situada entre dos rascacielos?

Es de mi amiga Ágata. Ella hila estambre y teje telas que después vende. Las figuras y las flores de sus telas son tan originales, y de colores tan vivos, que viene gente de todas partes de Manhattan a comprarlas.

ostras

perlas

árbol de caucho

goma

Ágata es muy conversadora y siempre tiene historias maravillosas que contar. Es más, se puede decir que cuando Ágata hace un cuento, nadie pierde *el hilo*.

Ésta es una historia que ella misma me contó el otro día. Debe ser verdad, porque ni siquiera Ágata hubiera inventado un cuento tan increíble.

Una tarde, un niño pequeño fue de compras con su mamá a la tienda de Ágata. El niño estaba muy aburrido y comenzó a jugar con un pedacito de tela roja. Ágata se le acercó y le dijo: —Eso es seda. ¿Sabes de dónde viene la seda?

El niño negó con la cabeza.

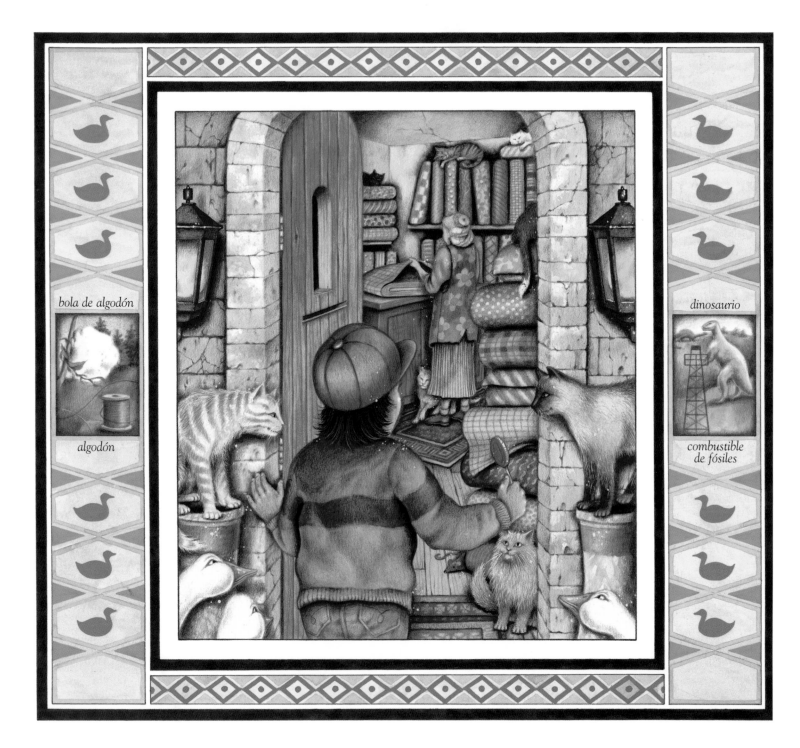

bola de algodón

algodón

dinosaurio

combustible
de fósiles

capullo del
gusano de seda

seda

vaina de granos
de cacao

chocolate

—De un gusano —dijo Ágata.

—¡De un gusano! —exclamó el niño—. ¡No puede ser!

—Sí, de un gusano de seda —dijo Ágata.

—¡Ah!… ¿y qué clase de gusano hace esto? —preguntó entusiasmado el niño, con una bola de hilo de algodón en la mano.

—Buena pregunta —respondió Ágata—. Eso es algodón y no viene de un gusano, sino de una planta que crece en la tierra.

—¿Y las demás telas? —preguntó el niño—. ¿Se hacen de otras cosas tan interesantes?

—Ah, sí. Esto es lana y viene de…

—Eso es fácil. De las ovejas.

—Sí, ¿pero qué me dices de esta tela? —dijo ella—. Es hilo de lino. Tócala y fíjate qué tiesa es. A que no sabes de dónde viene.

El niño pensó y volvió a pensar. Por fin, dijo: —Bueno, ¡me doy por vencido! ¿De dónde?

—De una planta llamada lino —contestó Ágata—.
Déjame decirte algo que digo a todos los que visitan mi
tiendecita, especialmente a los niños:

> *Todo proviene de algo,*
> *Nada viene de la nada.*
> *Así como el papel viene del árbol,*
> *Y de la arena el cristal,*
> *La respuesta viene de la pregunta.*
> *Sólo hay que preguntar.*

—Has aprendido mucho de una sola pregunta, ¿no?

El niño sonrió.

Esa noche, cuando todos se fueron, Ágata subió a su apartamento. Ese mismo día el correo le había traído una caja grande. Era el colchón de plumas que había pedido hacía unos meses a su catálogo favorito, C. H. Plumas. Su colchón viejo estaba tan incómodo que era como dormir sobre trozos de carbón o huesitos de cerezas.

Ansiando meterse en la cama, Ágata se puso el ropón y se cepilló los dientes. Luego se quitó los ganchos de carey y se soltó el pelo, tan largo que cayó,

y cayó

y cayó,

hasta formar pequeños rizos junto a sus pies.

tortuga

concha de carey

vaca

productos lácteos

Entonces empezó a cepillarlo con el cepillo de cerdas de jabalí. No llegó a las 100 cepilladas porque tenía muchas ganas de probar su colchón nuevo. Se acomodó en la cama y en seguida se quedó dormida.

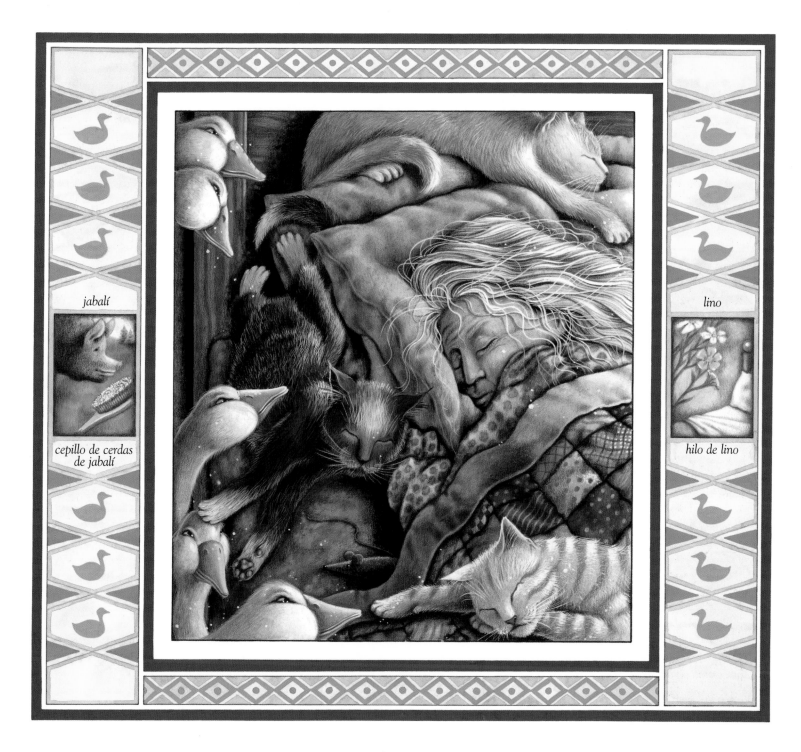

jabalí

cepillo de cerdas
de jabalí

lino

hilo de lino

Ágata empezó a soñar que su cuarto estaba lleno de ruiditos extraños: murmullos y un golpeteo suave, como de pequeñas pisadas. Se despertó sobresaltada al escuchar que su ventana se cerraba de un golpe: "¡PUN!"

Se volteó lentamente y, en el borde de la ventana, vio…

mar

sal del mar

flores

perfumes

… seis gansos desnudos.

Estaban temblando de frío y tenían la carne más de gallina, que de ganso.

Ágata los miró detenidamente, sin pestañear. No podía creer lo que tenía ante sus ojos.

Al fin, abrió la ventana y les preguntó: —¿Desean algo?

El más pequeñito de todos los gansos, Sidney, entró en el cuarto. Señaló con su alita rosada la cama de Ágata y dijo:

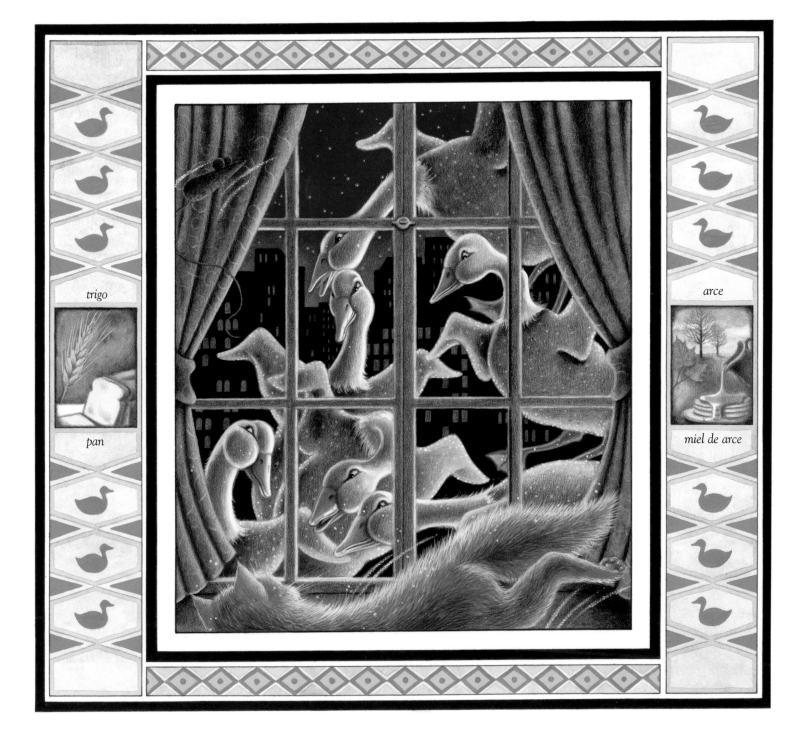

trigo

pan

arce

miel de arce

reptiles

adorno

planta de áloe

loción

—¡Queremos que nos devuelvas nuestras plumas!

—¿Cómo? —preguntó Ágata.

—Las plumas, Ágata, las plumas. Tú lo sabes. Te hemos escuchado…

Todo proviene de algo,
Nada viene de la nada.
Así como el papel viene del árbol,
Y de la arena el cristal,
La respuesta viene de la pregunta.
Sólo hay que preguntar.

—Las plumas de un colchón de plumas no crecen en los árboles, amiga mía —dijo el ganso, y preguntó: —¿De *dónde* crees tú que han salido esas plumas?

Ágata miró primero la cama y luego a los gansos, y volvió a mirar la cama y a los gansos.

Algo le dijo que estaba metida en un lío y que ella tendría que *pagar el pato*.

—Te aseguro que hablamos en serio, Ágata —dijo Sidney. Una bandada de gansos enojados y desnudos es peligrosa. No somos unos charlatanes. Esto puede ponerse feo.

Ágata ya había tomado una decisión. Había trabajado muy duro para comprarse el colchón de plumas. Pero esos pobres gansos no podían quedarse así, tan desabrigados.

—Vamos a hacer una cosa —dijo Ágata suavemente—. Confíen en mí y vuelvan dentro de tres días.

Y entonces les dio su tarjeta de crédito para que se hospedaran en el Hotel Plumón. Ellos entendieron que era un gesto de buena voluntad, que no los estaba poniendo *de patitas en la calle*, y se fueron más tranquilos.

Entonces Ágata no perdió ni un minuto. Bajó a su cuarto de costura, tomó sus tijeras y puso manos a la obra.

arena

cristal

carbón

diamantes

Se pasó tres días sin abrir la tienda ni hablar con nadie.

Y a la tercera noche, tal como habían convenido, los gansos volvieron a tocar a su ventana. Esta vez Ágata los estaba esperando y había dejado la ventana entreabierta. Al verlos entrar con su gracioso bamboleo, sonrió.

—Aquí estamos de regreso, Ágata —dijo Sidney—. La pasamos muy bien con tu tarjeta de crédito. Pero cuando en el Hotel Plumón nos pidieron veinte pesos "y pico", yo les dije que del *pico* nada… Ya hemos perdido las plumas y con eso basta…

Pero no pudo terminar, pues vio colgados en la pared…

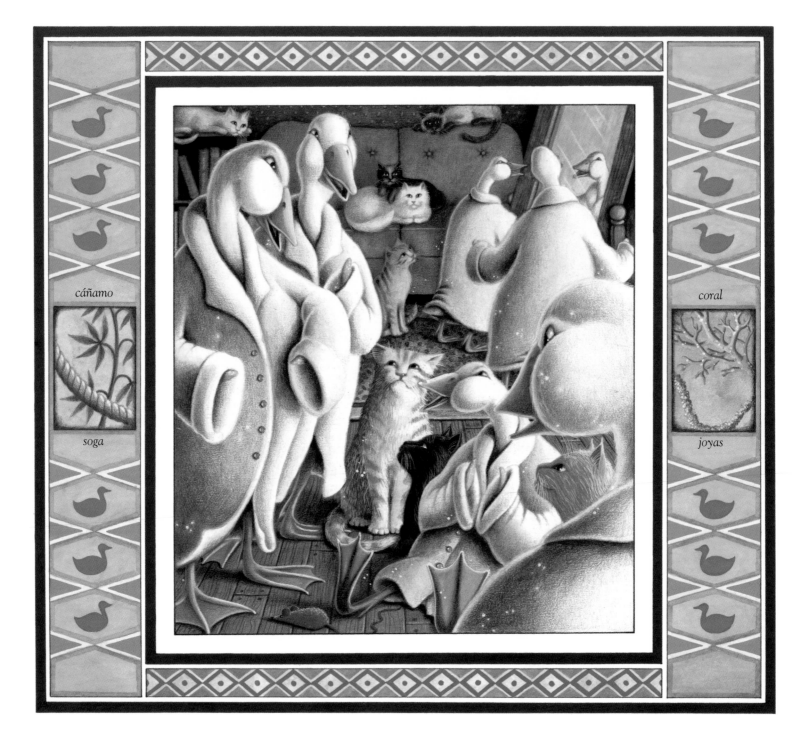

cáñamo

soga

coral

joyas

… seis hermosos abrigos blancos. Ágata los había hilado, tejido y cosido ella misma.

Los gansos le dieron las gracias. Todos se pusieron sus abrigos nuevos, muy complacidos, y se contemplaron en el espejo.

Cuando estaban a punto de irse, Sidney se volvió hacia Ágata y dijo: —¿Sabes una cosa, Ágata? Estos abrigos son magníficos. No tienes nada de *gansa* cosiendo . ¿De qué los hiciste?

Ágata se sentó en su cama y los gansos se dieron cuenta de que sus abrigos estaban hechos de…

… ¡el pelo de Ágata!

Entonces Ágata les sonrió y contestó:

—Todo proviene de algo. Yo tengo sus plumas, y ustedes mi pelo: Lo que es bueno para la gansa es bueno para el ganso. ¿No te parece, Sidney?

—Ay, Ágata —dijo otro de los gansos—. Nos vamos a descoser de la risa.

—Por cierto, Ágata —agregó Sidney, con una risita ahogada—, tienes el pelo muy bonito, casi tan bonito… como plumas de ganso. Y por suerte para ti y para mí, el pelo vuelve a crecer… igual que las plumas.

abejas y panal

miel

colmillos de
elefantes

marfil

Dice Ágata que no ha vuelto a escuchar los graznidos de sus buenos amigos. Sin embargo, alguien ha estado dejando huevos frescos, de ganso, frente a su puerta todas las mañanas.

—¿Ustedes saben, niños y niñas, de dónde vienen los huevos de ganso?

Nota de la autora

En algún momento todas las madres y los padres nos sentimos desconcertados por las curiosas preguntas de nuestros hijos pequeños, y no sabemos qué contestar. Entonces, vamos corriendo a consultar la enciclopedia o Internet, donde siempre nos esperan descubrimientos muy interesantes.

Como padres, a cargo de la educación de los niños, todos sabemos que hacer preguntas y buscar las respuestas, estimula la imaginación y desarrolla la creatividad. Ágata anima a los niños a preguntar sobre los orígenes de las cosas.

Algunas respuestas pueden resultar fascinantes; otras, perturbadoras. Lo que decidamos hablar con nuestros hijos sobre el marfil, los dientes de ballena o la selva amazónica es un asunto de conciencia individual y responsabilidad colectiva.

Pero el primer paso es preguntar, ¿no?

CARMEN AGRA DEEDY es una conocida cuentista, y autora de THE LAST DANCE, THE LIBRARY DRAGON, THE SECRET OF OLD ZEB, TREEMAN, THE YELLOW STAR: THE LEGEND OF KING CHRISTIAN X OF DENMARK y MARTINA UNA CUCARACHITA MUY LINDA. Sus libros han merecido numerosos premios, entre ellos el Bologna Ragazzi, el Christopher y el Parents' Choice Gold Award. Deedy ha contado sus cuentos en diversos locales, entre ellos la Folger Shakespeare Library, la Library of Congress, el Smithsonian Institute, el John F. Kennedy Center for the Performing Arts y el New Victory Theater en Broadway. Vive en Atlanta Georgia con su familia.

LAURA L. SEELEY ha sido galardonada dos veces con el título de Autora del Año de Libros Para Jóvenes Lectores del estado de Georgia. En 1990 por THE BOOK OF SHADOWBOXES: A STORY OF THE ABCS, y en 1992 por THE MAGICAL MOONBALLS. Seeley también ha escrito e ilustrado MCSPOT'S HIDDEN SPOTS: A PUPPYHOOD SECRET, y ha hecho las ilustraciones de CATS VANISH SLOWLY y CHRISTMAS AND THE OLD HOUSE. Nacida en Andover Massachusetts, Seeley se tituló en bellas artes por el Rochester Institute of Technology. Ahora vive en San Francisco y recorre las escuelas primarias de todo el país con sus cuentos.

Mi agradecimiento especial a:

Tersi Bendiburg
Mami y Papi
Maggie Winfrey
Ruth Ann Hendrickson
Clark Orwick
Susan Thurman
Laura Seeley
y a las socias del Peachtree Spinners Guild,
quienes me cobijaron bajo su ala.